Sagen aus der Grenzmark

(Posen-Westpreußen)

Auswahl und Zusammenstellung von
Richard Sprockhoff

Hrsg. Steffen Großpietsch

Sagen aus der Grenzmark
(Posen-Westpreußen)

Bibliografische Information der Deutschen Nationalbibliothek:
Die Deutsche Nationalbibliothek verzeichnet diese Publikation in
der Deutschen Nationalbibliografie; detaillierte bibliografische
Daten sind im Internet über dnb.dnb.de abrufbar.

Herstellung und Verlag: BoD – Books on Demand, Norderstedt

ISBN 9783757823269

Von gebannten und erlösten Seelen

1. Der spukende Schäfer

In einem Dorfe bei Fraustadt stand an einem Teiche ein Schäferhaus. Der Schäfer wurde allnächtlich durch eine unsichtbare Gestalt in seinem Schlafe gestört. Einmal wurde er aus seinem Bett geworfen und bis an den Teich gezerrt. Da dem Schäfer aber die fortgesetzten Beunruhigungen zuviel wurden, ging er zu einer weisen Frau und klagte ihr sein Leid. „Nimm Weihwasser und besprenge damit das Gespenst!" riet ihm die Frau.

Als nun die nächste Nacht kam, und das Gespenst zur gewohnten Stunde erschien, besprengte er es schnell mit dem mitgebrachten Weihwasser. Sogleich war die Gestalt sichtbar. Vor ihm stand ein Mann in weißem Kleide, und um ihn herum standen viele Schafe. Plötzlich begann die Gestalt zu sprechen. „Vor vielen Jahren habe ich hier in diesem Hause gewohnt. Eines Tages habe ich es aber abgebrannt, zur Strafe mußte ich ruhelos umherirren. Da ich dir nun das Geheimnis erzählt habe, bin ich erlöst und meine Seele hat Ruhe gefunden." Nach diesen Worten verschwand er und ließ sich nie wieder sehen.

(Historische Zeitschrift für die Prov. Posen 1894. Heft 1)

2. Der Fährmann an der Drage

In Drage-Lukatz stand vor vielen Jahren an der Drage, in einem kleinen Wäldchen, ein Häuschen. Dort wohnte ein Fährmann, der wegen seiner Habgier weit und breit bekannt war. Wenn reiche Viehhändler, oder auch andere Leute, bei denen er viel Geld vermutete, sich hatten über den Fluß setzen lassen, so lud er sie in sein Haus ein. Dann machte er sie betrunken und tötete sie. Nachdem er sie beraubt hatte, warf er die Leichen in den Keller, von wo aus ein Gang bis zum Flusse gegraben war.

Einmal ging ein Mann vorbei, der hörte von unten eine Stimme, welche rief: „Erbarme dich meiner und befreie mich! Ich will dir dafür dankbar sein." Da der Fährmann an diesem Tage gerade in der nahen Stadt war, so holte der Mann einen Spaten und grub den Rufenden heraus. Wie erschrak er aber, als er seinen Bruder erblickte! Dieser erzählte schnell, was mit ihm geschehen war. Dann eilten sie beide in die Stadt und zeigten den Fährmann an. Auf ihre Anzeige hin wurde der Mörder in Haft genommen und späterhin zum Tode verurteilt.

(Erzählung aus Filehne)

3. Der Bauer und der Edelmann

Einst hatte ein Bauer in mutwilliger Weise sein Vieh auf das Feld seines Nachbarn getrieben. Der Eigentümer des Feldes, ein sehr jähzorniger Edelmann, kam zufällig hinzu. In seiner Wut erschlug er den Bauern. Doch wegen seiner Grausamkeit hatte der Edelmann von Stund' an keine ruhige Minute mehr. Begab er sich zu seinen Leuten auf das Feld, so war der hingerichtete Bauer, den Kopf unter dem Arme, hinter ihm her. War er auf der Jagd, so traf er kein Wild, denn der Bauer trat ihm jedesmal drohend entgegen. Ging er über den Hof zu seinen Viehställen, so verfolgte ihn die unheimliche Gestalt. Selbst in seinem Hause hatte er keine Ruhe mehr. Immer war der Geist an seiner Seite und versuchte ihn zu erhaschen. Durch die fortwährenden Aufregungen erkrankte schließlich der Edelmann und starb. Der Tod hatte ihn von seinem Verfolger erst erlöst.

(Paul Behrend, Westpreußischer Sagenschatz, 3. Band)

4. Der Fuhrmann von Gollmütz

In dem Dorfe Gollmütz, eine halbe Meile von der Stadt Schwerin an der Warthe entfernt, wohnte einst ein Fuhrmann. Dieser rohe Kerl trieb mit unbarmherzigen Peitschenhieben täglich sein armes Roß, das den schwerbeladenen Wagen ziehen mußte, einen steilen Landweg empor. Da stand plötzlich eines

Tages die Göttin des Berges vor ihm und verwandelte den Fuhrmann zur Strafe für seine Grausamkeit in ein Pferd, ließ ihn aber seinen menschlichen Verstand. Jahrelang mußte der also Verwandelte, nun die schwersten Mühsale erdulden, bis ihm endlich seine frühere Gestalt wiedergegeben wurde, worauf er dann zum vernünftigen Pferdepfleger wurde.

(Ostlandbote, 06.10.1936)

5. Der Totentanz von Betsche

In dem Städtchen Betsche, Kreis Meseritz, wohnte einst ein alter Musikant. Sein Instrument war eine Sackpfeife. Anfänglich lebte er sehr zurückgezogen. Aber weil die Nachbarn ihm gerne zuhörten und sich in stillen Nächten unter seinem Fenster versammelten, um seinen lieblichen und sehnsüchtigen Melodien zu lauschen, machte er doch schließlich Bekanntschaften.

Nun wohnte bei ihm noch ein junger Maler, der ein sehr scheues und zurückgezogenes Wesen zeigte. Der Alte spielte ihn häufig auf seiner Sackpfeife lustige Lieder vor, aber den Jüngling erfreute nichts. Auf den Festen, zu denen man den Maler einlud, tanzte er selten. Verträumt stand er in einem Winkel und starrte unverdrossen auf eine schöne Tänzerin. Es war die Tochter des Betscher Stadtvogtes. Gar zu gerne hätte der stillverliebte Jüngling mit ihr einige Worte

4

gewechselt, oder sie zum Tanze aufgefordert, aber er fürchtete den Zorn des Stadtvogtes, der als ein böser Mann stadtbekannt war. Der Alte, der die Sorgen seines jungen Freundes kannte, hatte ihm schon oft seine Hilfe angeboten. Durch den Zauber seiner Melodien wollte er die hübsche Stadtvogttochter aus dem Hause locken. Aber der Maler machte immer Einwendungen.

Eines Tages rotteten sich die Betscher Bürger vor dem Hause des Stadtvogtes zusammen, um ihn und sein Hab und Gut zu vernichten. „Jetzt ist eure Stunde gekommen", sagte der Maler zum Alten. „Beweist eure Kunst und helft mir, wie ihr mir so oft versprochen habt. Der Stadtvogt ist in höchster Gefahr. Laßt eure Weisen erklingen und beruhigt die erhitzten Gemüter. Der Stadtvogt wird euch dann für die Hilfe belohnen und ihr legt dann für mich ein Wort ein, daß ich die Tochter zur Frau bekomme." Der Alte nahm seine Pfeife, ging auf den Markt und stellte sich an eine Säule. Sowie die Bürger seine lieblichen Melodien hörten, heiterten sich ihre erbitterten Gesichter auf und die mitgebrachten Waffen entsanken ihren Händen. Zuletzt tanzten alle und der Markt verwandelte sich in einen Tanzplatz. Der Sackpfeifer zog nun durch alle Straßen der Stadt und die Bürger folgten ihm nach. Jeder ging tanzend in sein Haus zurück.

Der Stadtvogt ließ nun den Alten zu sich kommen und sprach: „Wünsche dir etwas von mir, ich will dir jeden Wunsch als Belohnung erfüllen." Da bat er für seinen jungen Freund um die Hand der Tochter. Der Stadtvogt ergrimmte über seine Dreistigkeit und verurteilte ihn zum Feuertode. Kurz vor seiner Hinrichtung bat er den Maler, ihm seine Pfeife mit ins Grab zu legen.

Schon in der Nacht nach seinem Begräbnis ereigneten sich merkwürdige Dinge. Der Nachtwächter sah um Mitternacht den verstorbenen Sackpfeifer mit seinem Instrument aus dem Grabe steigen und sich auf einen hohen Leichenstein setzen. Wie er nun seine lieblichen Melodien ertönen ließ, taten sich alle Gräber auf, die Toten stiegen heraus, sangen und tanzten. Als die Stadtuhr eins schlug, kehrten alle in ihre Gräber zurück. So ging es Nacht für Nacht. Um dem mitternächtlichen Spuk ein Ende zu bereiten, befahl der Stadtvogt dem Totengräber, das Grab des Alten zu öffnen und die Sackpfeife herauszunehmen. Der Totengräber holte sie und verwahrte sie in seinem Hause. Wie war aber der Totengräber erstaunt, als in der nächsten Nacht der Alte kam und sich seine Pfeife wiederholte, sich wiederum auf einen Leichenstein setzte und der Tanz der Toten begann. Die Betscher Bürger gingen daher zum Stadtvogt und baten ihn flehentlich, seine Tochter dem Maler zu geben, damit der Alte endlich Ruhe in seinem Grabe fände.

Der Stadtvogt gab dem Drängen der Bürger nach und erfüllte ihren Wunsch. Als nun die Hochzeitsgesellschaft um Mitternacht an der Tafel saß, erschien auch der nächtliche Totentanz. Die Gäste eilten zum

Fenster und sahen den Alten mit seiner Sackpfeife und ihm folgte eine lange Reihe weißgekleideter Gestalten. Es war dies das letztemal, denn seitdem hatte sich der mitternächtliche Spuk nie wieder gezeigt.

(Zeitschrift der Historischen Gesellschaft für die Prov. Posen, 1895.)

Allerlei Geister

6. Das Gespenst im Walde

Der Weg von Radolin nach Radosien führt durch einen großen Wald, in dem früher Räuber gehaust haben sollen. Einst kam ein Bauer mit seinem Fuhrwerk um die Mitternachtsstunde durch den Wald. Plötzlich sah er ein helles, blendendes Licht vor seinen Pferden auftauchen. Seine Pferde verlangsamten ihren Schritt und blieben endlich stehen. Die Gestalt, die sich nun aus dem Feuerschein herauslöste, machte sich an den Pferden zu schaffen. Die Pferde gingen scheinbar Schritt für Schritt weiter, aber der Bauer merkte, daß sein Wagen nicht von der Stelle kam. Er zuckte deshalb an der Leine. Da drehte sich die Gestalt um und ließ einen schrillen Pfiff erschallen. Dann ging sie langsam in den Wald zurück und ein mächtiger Sturm erhob sich. Viele Bäume wurden von dem Sturm umgerissen. Da der Bauer während der ganzen Zeit kein Wort gesprochen hatte, so konnte ihm die Gestalt nichts anhaben. Als er die ausgegangene Laterne wieder angezündet hatte, sah er deutlich, wie seine Pferde mit Schaum bedeckt waren. Plötzlich fingen die Pferde an zu laufen, als ob sie scheu geworden wären. - Die Gestalt aber, die dem Bauer erschienen war, sollte ein Landjäger gewesen sein, der dort vor vielen Jahren von Räubern erschlagen worden ist.

(Erzählung aus Czarnikau)

7. Die Roggenmuhme

Wenn der Roggen Ähren bekommen hat und der leise Windhauch den Blütenstaub über das Feld streichen läßt, dann erscheint im Getreidefeld die Roggenmuhme. In einem lichten Gewand und mit flatterndem Haar durchschreitet sie um die Mittagszeit die ihr anvertrauten Getreidefelder. Zahlreiche Wichtelmänner und Elfen begleiten sie. Das sind aber die verstorbenen, kleinen Kinder. Die schmalen Steige, die man oft im Kornfeld antrifft, bezeichnen ihre Spuren.

Wenn dann aber im Hochsommer die Sonne ihre sengenden Strahlen herabsendet und die reifenden Ähren ihre Köpfe neigen, dann hat die Roggenmuhme viel zu tun. Mit ihren Begleitern reißt sie dann das Unkraut aus und sorgt dafür, daß die Ähren hundertfältig Frucht tragen. Haben die fleißigen Schnitter und Schnitterinnen die reifen Felder abgemäht und steht das Korn in Stiegen, dann ist das geheimnisvolle Wirken der Roggenmuhme beendet. Mit dem letzten Sensenklang verschwindet sie unbemerkt unter dem nahen Grenzstein, um im Innern der Erde, bis zum nächsten Jahre von ihrer Arbeit auszuruhen.

Wer aber die Saaten böswillig vernichtet, oder

Ähren ausrauft und unachtsam fortwirft, den bestraft die Roggenmuhme mit Krankheit und Siechtum.

(Paul Behrend, Westpreußischer Sagenschatz, 3. Band. Gekürzt)

8. Der Alp

In dem Orte Schlichtingsheim lebte einst ein Mädchen, das plötzlich nicht mehr schlafen konnte; denn ein Alp war zur Mitternachtsstunde durch das Schlüsselloch in ihr Schlafzimmer hineingekrochen. Sobald er auf das Bett gesprungen war, fing er an, das Mädchen so zu drücken, daß ihm die Luft wegblieb. Es konnte weder schreien, noch sich bewegen. Als die Uhr eins schlug, verschwand der Alp.

Am nächsten Tage fragte das Mädchen einen weisen Mann um Rat, der ihm auch bereitwilligst Auskunft gab. Als nun in der nächsten Nacht der Alp wieder zu derselben Stunde erschien, schrie das Mädchen aus Leibeskräften: „Komm morgen wieder, kriegst ein kleines Brotel!" Sofort verschwand der Alp.

Am folgenden Tage erschien ein altes Weib und forderte sich das Brotel. Nun wußte das Mädchen, wer der Alp war. Seitdem hatte es niemals wieder ein Alpdrücken.

(Nach: Das Fraustädter Ländchen. 4. Jahrgang, 1925)

9. Die Mora

In einem Dorfe lebte einst ein armer Arbeiter, der jede Nacht von einer Gestalt, die man im Volksmunde Mora nennt, gedrückt wurde. In seiner Not ging er zu einer klugen Frau und fragte sie um Rat. Die Frau riet ihm, er solle in der nächsten Nacht, wenn die Mora wiederkommt, ruhig in seinem Bett liegen bleiben und alles aushalten. Als er in der kommenden Nacht es so getan hatte, wie es ihm die Frau befohlen hatte, ging er darauf wieder zu ihr und fragte sie, was er nun tun sollte. Die Frau sprach: „Stopfe einen Bettsack voll Stroh und lege ihn in dein Bett! Du aber lege dich unter dein Bett und bleibe wach."

Als nun die Nacht herangekommen war, hörte er plötzlich ein Summen und danach öffnete sich die Ofentür. Nach einer Weile hörte er ein Knistern auf dem Bettsack und es war ihm, als ob sich jemand auf dem Bett herumwälzte. Doch es dauerte nicht lange; denn die Mora hatte den Betrug bemerkt und verschwand.

Für die dritte Nacht aber gab die kluge Frau dem Manne folgenden Rat: „Lege eine Holzklobe in dein Bett!" Du selbst aber mußt dich wiederum unter deinem Bett verstecken!" In der dritten Nacht kam die Mora mit großem Gebrause herbei. In ihrer Hand hatte sie eine flammende Sense. Starr vor Schreck lag der Mann unter seinem Bett und wagte nicht mehr aufzuschauen. Plötzlich hörte er einen dumpfen

Schlag und dann war alles wieder ruhig.

Als er am nächsten Morgen nachsah, fand er, daß die Holzklobe ganz zerschnitten war. Nun wurde ihm klar, daß es um ihn geschehen gewesen wäre, wenn er in seinem Bett geblieben wäre.

(Aus: „Allerhand fahrendes Volk"; Lissa 1906)

10. Der Skrzat

Der Skrzat ist ein Hausgeist, der aber ein kriechendes, listiges und boshaftes Wesen an sich hat. Im Kopf hat er nur dumme Witze. Da er sehr beschränkt ist, so betrügen ihn oft die Bauern. Selbst der Teufel verachtet den Skrzat. Wer aber dem Hausgeist in seiner Wohnung Unterschlupf gewährt, der wird bald ein reicher Mann.

So lebte vor vielen Jahren ein Bauer, der mit dem Skrzat Freundschaft geschlossen hatte. In einer Nacht kamen nun Diebe auf sein Gehöft und erstiegen den Speicher, um Getreide zu stehlen. Wie erschraken sie aber, als sie dort einen großen schwarzen Hund angebunden fanden! Sofort nahmen sie Reißaus. Es war der Skrzat, der den Kornspeicher bewachte. Als eines Tages das Gehöft des Bauern niederbrannte, verließ der Skrzat seinen bisherigen Herrn und ging zu seinem Nachbarn. Dieser wurde nun reich, während sein früherer Herr völlig verarmte.

(Erzählung aus Kujawien)

11. Das schlafende Heer

Auf der linken Seite der Landstraße, die nach Kruschwitz (Prov. Posen) führt, erhebt sich ein Berg, in dem das „schlafende Heer" ruht. Leute, die zur Nachtzeit dort vorübergehen, und ganz besonders Hirten, die ihr Vieh um den Berg hüten, vernehmen oft ein dumpfes Waffengekirr und ein taktmäßiges Marschieren und Exerzieren im Innern des Berges.

Als vor vielen Jahren ein Bauer mit einer Fuhre Hafer zur Stadt fuhr, wurde er plötzlich von einem Soldaten, der allein vor dem Berge stand, angehalten und ersucht, seinen Hafer an ihn zu verkaufen. Der Bauer ging aber anfänglich nicht darauf ein; denn er hoffte in der Stadt einen höheren Preis zu erziehen. Jedoch vereinbarte er mit dem Soldaten, den Hafer zurückzubringen, wenn er in der Stadt keinen höheren Preis erziele.

Und so geschah es denn auch. Als der Bauer das Korn abladen und in den Berg hineintragen wollte, zeigte sich plötzlich in demselben eine Öffnung,die einem Tore entsprach. Innen sah er zu beiden Seiten des Ganges ein großes Lager schlafender Soldaten mit ihren Pferden liegen. Als er im Vorbeigehen einen Soldaten unversehens trat, dehnte sich derselbe wie einer, der vom langen Schlafen matt geworden ist. Doch wie er aufspringen wollte, beruhigte ihn der den Bauern begleitende Soldat mit den Worten: „Es ist noch nicht Zeit!" Hierauf versank er wieder in seinen tiefen Schlaf.

Als der Bauer seinen Hafer abgeladen und das vereinbarte Geld erhalten hatte, schloß sich der Berg hinter ihm zu. Die Stelle aber, wo vorher das Tor war, zeigte eine kleine Vertiefung.

(Nach: „Historisches Monatsblatt für die Prov. Posen")

12. Die Schimmel ohne Köpfe

Eines Nachts wanderten zwei Männer durch die ausgedehnten Wälder der Stadt Tirschtiegel zu. Links und rechts von ihrem Wege wuchsen Wacholdersträucher, die in der Dunkelheit wie Gespenster wirkten. Hin und wieder ertönte das heisere Gekrächze der Eulen. In dieser Stimmung erzählte der eine von ihnen die Geschichte von den beiden Schimmeln ohne Köpfe:

So oft eine Gefahr drohte, erschienen den Tirschtiegeler Einwohnern die beiden Schimmel und warnten sie. Aus Dankbarkeit streuten sie den beiden Tieren Heu vor das Stadttor. Am Morgen war aber stets das Futter verschwunden.

Kaum hatte er die Geschichte beendet, als der andere in ein lautes Lachen ausbrach und laut in den Wald rief: „Wenn jetzt plötzlich die beiden Schimmel erscheinen würden, dann würde ich sie sofort verjagen."

14

Der aber eben noch so laut lachte und schrie, erschrak plötzlich; denn hinter ihm erschall das Geschnaube zweier Pferde. Wie ein Verfolgter lief er durch die Wälder und schließlich über die Felder, bis er die ersten Häuser von Tirschtiegel erreichte. Dann brach er zusammen und starb. Dem anderen, der die Geschichte erzählt hatte, war nichts zugestoßen. Er hatte nur das Stampfen der Hufe vernommen.

Auch danach hat man noch öfters die beiden Schimmel ohne Köpfe gesehen. Seitdem aber die Grenze durch die Stadt Tirschtiegel geht, sind sie beide verschwunden. Erst wenn das Land zu beiden Seiten der Obra deutsch ist, sollen sie wieder erscheinen.

(Erzählung aus Tirschtiegel)

Vom wilden Jäger

13. Gespenster bei Schönlanke

In einer Nacht fuhren mehrere Händler vom Schönlanker Jahrmarkt nach Hause. Sie mußten aber durch einen großen Wald. Als sie ein Stück im Walde gefahren waren, hörten sie plötzlich Pferde stampfen und wiehern. Bald erblickten sie einen Trupp Soldaten, die wie friderizianische Soldaten gekleidet waren. Ihr Hauptmann hielt den Wagen an und brachte die Pferde zum Stehen. Die Händler bekamen Angst und schlugen auf die Pferde ein, um möglichst rasch von dem unheimlichen Ort fortzukommen. Doch die Pferde rührten sich nicht von der Stelle. Endlich stieg einer der Händler vom Wagen, um den Hauptmann mit der Peitsche zu schlagen. Als er gerade zum Schlage ausholen wollte, waren sämtliche Gestalten verschwunden, und die Pferde gingen wieder weiter.

(Aus: „Heimatkunde des Netzekreises")

14. Das Viergespann zu Meseritz

Auf dem alten Schlosse zu Meseritz soll es seit alten Zeiten nicht geheuer gewesen sein. Verkündet die Schloßuhr mit dumpfen Schlägen die Mitternachtsstunde, so kommt in vollen Galopp ein Viergespann vom Schlosse herab und jagt zur Obrabrücke.

16

Nach kurzem Halt saust es über das Brückengeländer und verschwindet in den Fluten der Obra. Kurz vor Schluß der Geisterstunde taucht das Viergespann wieder hervor, durchquert die anliegenden Wiesen und verschwindet mit dem Glockenschlag in dem Schlosse. Öfters erscheint an Stelle des Viergespannes ein Reiter, von einem Hunde begleitet.

(Nach Haase, Sagen aus der Grafschaft Ruppin und Umgegend)

Von Riesen, Nixen und Heinzelmännchen

15. Riesen und Nixen im Warthebruch

Südlich von dem Dorfe Trebisch erhebt sich im Bruch eine sandige Bodenerhebung, die im Volksmunde der Horstberg genannt wird. Hier hausten in alten Zeiten die Riesen, während in den umliegenden Sümpfen die Nixen zu Hause waren. Lange Zeit lebten die Riesen und Nixen friedlich miteinander, aber eines Tages brach aus unbekannten Gründen ein Streit zwischen ihnen aus. Die Riesen faßten den Plan, die Nixen aus dieser Gegend völlig zu vertreiben. Jene aber konnten ihnen vorerst nichts anhaben, da die Sümpfe völlig unter Wasser standen. Deshalb beschlossen die Riesen, von den umliegenden Warthehöhen Sand zu holen, um danach ihren Gegnern den Boden strittig zu machen. Die Nixen aber scharten sich zusammen, um ihr Sumpfland zu verteidigen. Als nun wieder ein Riese mit einer ungeheuren Last Sand ankam, überfielen ihn die Nixen und verschütteten allen Sand. Daher findet man noch heutzutage verschiedene Bodenerhebungen inmitten der Warthesümpfe.

(Erzählung aus Schwerin an der Warthe)

16. Die Nixen vom Heiligensee

In einem Dorfgasthof, in der Nähe der Stadt Bomst, war ein großes Tanzvergnügen. Die Geigen sangen und der Baß brummte. Alles, was jung, froh und lustig war, war hier zusammen.

Da ging auf einmal die Tür auf, und drei wunderschöne Jungfrauen traten in den Saal. Niemand kannte sie, keiner konnte das Geheimnis ihrer Herkunft erraten. An Tänzern fehlte es aber den drei Schönen nicht. So vergingen die Stunden im Fluge. Endlich, als der Nachtwächter in sein Horn blies, rüstete man sich zum Aufbruch. Wie aber war der Schreck groß, als die unbekannten Schönheiten ungesehens verschwunden waren. Niemand hatte beobachtet, welchen Weg sie eingeschlagen hatten.

So ging es Sonntag für Sonntag. Zu einer bestimmten Zeit traten die drei Jungfrauen in den Saal, vergnügten sich mit den Burschen und verschwanden stets zu derselben Zeit auf unbekanntem Wege. Schließlich beschlossen drei beherzte Burschen, am nächsten Sonntagabend den Schleier des Geheimnisses zu lüften.

Als nun wieder die Trennungsstunde schlug, traten die drei Burschen auf die drei Jungfrauen zu und der eine fragte: „Ist´s euch recht, wenn wir euch nach Hause begleiten?" „Wohl, wohl, es soll uns dreien recht sein", nickten die Schönen und man brach gemeinsam auf. Wie aber erstaunten die jungen Burschen, daß der Weg geradezu auf den Heiligensee zuging.

Als man an das Seeufer gekommen war, zog eine der Jungfrauen aus den Falten ihres weißen Gewandes eine Gerte hervor und schlug damit das Wasser. Die Flut teilte sich und ein silberglänzender Pfad wurde sichtbar. Die drei Burschen, trotzdem ihnen anfänglich graute, folgten wacker den drei Schönen nach. Bald war man an einem herrlich schimmernden Kristallpalaste angelangt.

In dem Palaste wurden die Gäste aufs feinste bewirtet, und die Nixen unterhielten sich mit ihnen sehr freundlich. Endlich aber hieß es scheiden; denn die Strahlen der Morgensonne fielen schon auf das Wasser. Zum Abschied erhielt aber ein jeder ein Gastgeschenk. Jede Nixe füllte die Mütze ihres Begleiters mit dem Kehricht, der in der Ecke des Saales lag. Dann wurden die drei Burschen zum Ufer des Sees zurückgeleitet, und die Fluten schlossen sich wieder über den Nixen.

„Etwas Gescheiteres hätten uns die Nixen aber auch geben können," sagte der eine der Burschen und schüttete zornig den Kehricht aus seiner Mütze. Seinem Beispiel folgte auch der andere. Nur der dritte ging in Gedanken verloren nach Hause und wie groß war die Freude, als er dort gewahrte, daß in seiner Mütze plötzlich reines Gold war. Die beiden anderen ärgerten sich, daß sie mit dem Gastgeschenk so leichtsinnig umgegangen waren.

(Ostlandbote, 23.2.1937. Gekürzt)

17. *Wie die Feldsteine ins Land kamen*

Vor vielen, vielen tausend Jahren, als noch kein Mensch in diesen Gegenden lebte, hauste hier ein gewalttätiger Riese, dem das ganze Land gehörte. Sein sehnlichster Wunsch war, sich eine mächtige Burg zu bauen, um von hier aus die ganze Welt zu regieren. Einen Turm sollte die Burg haben, dessen Spitze bis an den Himmel reichte.

Weil aber keine Steine zum Bau im Lande waren, mußte er sie alle aus dem hohen Norden holen. Da es inzwischen Winter geworden und das Meer zugefroren war, konnte er sie nicht herbeischaffen. So wartete er, bis im Frühling Tauwetter eintrat. Dann lud er mächtige Felsblöcke auf große Eisschollen und trieb sie in seine Landschaft.

Wie nun der Riese bei seiner Arbeit war, fing die Sonne an so warm zu scheinen, daß die Eisschollen zu schmelzen begannen, und die Feldsteine versanken im Wasser. Da wurde der Riese zornig und warf einen mächtigen Felsbock nach der Sonne. Damit aber der Riese die Sonne nicht treffen sollte, hatte Gott eine Wolkenwand vor die Sonne geschoben. Nur wenn der Riese seinen Mittagsschlaf hielt, ließ Gott die Sonne scheinen. Wenn er dann erwachte und sah, daß die

Sonne ihre warmen Strahlen auf seine mit Felsblö-
cken beladenen Eisschollen sandte, dann ergrimmte er
und warf von neuem Steine nach der Sonne. Gott
mußte daher immer mehr Wolken vor die Sonne
schieben. Zuletzt waren es so viel, daß es in mächtigen Strömen zu regnen anfing und nicht eher aufhören wollte, bis das gesamte Land weit und breit
unter Wasser stand. Die Eisschollen mit ihren Felsblö-
cken zerschmolzen, und der Riese konnte seine Burg
nicht bauen.

Als die Wasser sich nun wieder verlaufen hatten,
lagen die Feldsteine über das ganze Land zerstreut,
und der Mensch, der späterhin das Land besiedelte,
baute sich nun aus den Feldsteinen Häuser, Scheunen
und Ställe auf.

(Nach Th. Krausbauer, Was die Großmutter erzählt)

18. Die Wartheherta

Eilig vorwärtsstrebend fließt die Warthe, das breite
Bett füllend, der Vereinigung mit der Oder entgegen.
Weit ist der Weg von der Quelle bis zur Mündung.
Aber die dauernde Bewegung hält die Warthe jung
und frisch. Nirgends ist sie aber schöner als am Gollmützer Berg, in der Nähe der Stadt Schwerin; denn
hier wohnt die vom Volke hochverehrte Nixe, die die
einen „Wartheherta“ und die anderen „Warthefrigga“
nennen.

Im Frühjahr, wenn die Wellen fast an den Fuß des Gollmützer Berges reichen und die Warthe den Wiesen ihre Fruchtbarkeit als bestes Geschenk hinterläßt, dann ist für die Wartheherta die „Hohe Zeit" gekommen. Dann thront sie auf dem Gipfel ihres Wohnsitzes, segenspendend und unheilverhütend.

Einmal aber im Jahre, wenn die Nächte kühl und sternenklar sind und die Tage lang und warm, verläßt sie für kurze Zeit ihren Sitz. Dann läßt sie ihren goldenen Wagen herausholen und mit vier Kühen, deren Hörner ebenfalls vergoldet sind, bespannen. Über den Strom führt dann eine lederne Brücke. Ihre Begleiter sind Priester in langen, weißen Gewändern. Ihr Wagen fährt langsam und leise durch die Fluren. Soweit ihr Auge schaut, ruht göttlicher Segen darauf. Doppelten Ertrag bringen die Felder und Wiesen, wenn sie von den Rädern des Wagens, oder von den Huftritten der Kühe berührt werden. Aber kein menschliches Auge darf sie dabei betrachten, und ihre Begleiter, die sie bei der Fahrt und beim Bade begleiten, müssen noch am selben Tage sterben. So watet sie jahrein, jahraus. Bei den Menschen aber herrscht Jubel und Lust und große Volksfeste werden ihr zu Ehren gefeiert.

Aber die Wartheherta kann nicht nur gütig sein, sondern sie kann auch als strafende Gottheit auftreten. Das mußten in früheren Zeiten oft die Fuhrleute, die auf der alten Berlin-Posener Handelsstraße fuhren, spüren. Pferdebesitzer, die ihre Pferde mißhandelten, wurden öfters in ein Pferd verwandelt.

An den Winterabenden erschien aber die gütige Wartheherta sehr oft in den Spinnstuben zur Freude der fleißigen Spinnerinnen und zum Verdruß der Faulen.

(Erzählt nach verschiedenen Quellen)

19. Die Seejungfrau von Groß-Drensen

Bei Groß-Drensen, an der Straße Filehne-Schoppe, liegt ein großer See. Zu Urgroßvaters Zeiten lebte in diesem See eine Seejungfrau, die wegen ihrer Schönheit die Sehnsucht manches Dorfjünglings weckte. In hellen Mondnächten versammelte sich die männliche Jugend am Ufer, um die Seejungfer, oder ihre goldenen Schlösser zu sehen.

Einstmals saßen wieder drei Sonntagskinder am See. Kein Wort kam von ihren Lippen. Plötzlich begann ein leises Rauschen, das Wasser teilte sich, und ein prächtiges Weib schaute aus dem See hervor. Goldenes Haar fiel auf den Seespiegel herab. Auf dem Kopfe trug sie eine Krone aus Wasserrosen. Nach geraumer Zeit verschwand sie wieder. Wie verzaubert saßen die drei noch eine Weile da, dann sprachen sie: „Die, oder keine!" Wie sollten sie sich aber dem holden Geschöpf nähern?

Eines Nachts saßen die drei wieder sinnend am Ufer. Da klopfte ihnen jemand von hinten auf die Schulter und sprach: „Warum laßt ihr eure Köpfe so traurig hängen? Kann man euch nicht helfen?" Und sie erzählten ihm ihr Herzensgeheimnis. „Wenn du uns helfen willst, so tue es, zu ewigem Dank sind wir dir dann verpflichtet." „Gut", sagte der Unbekannte, „ich werde euch helfen, aber nur unter einer Bedingung: In drei Monden darf sich keiner von euch hier am See sehen lassen. Habe ich die Jungfrau aus dem Wasser geholt, dann wird das Los entscheiden, wem von euch das holde Wesen gehört." Damit waren die drei Burschen einverstanden und gingen stillvergnügt nach Hause. Keiner aber hatte sich den Unbekannten näher angesehen; denn es war kein anderer, als der leibhaftige Teufel. Der dachte aber gar nicht daran, ihnen späterhin seine Beute zu geben.

Wieder stand der Vollmond über dem See. Am Ufer aber stand der Teufel mit lüsternen Blicken auf den glatten Spiegel schauend. Jetzt teilte sich das Wasser, und die Schöne trat hervor. Flehentlich bat er die Jungfrau, ihm die Hand zum ewigen Bunde zu reichen. Und die Jungfrau ließ sich betören. Sie merkte gar nicht, daß ihr grüner Schleier immermehr zerriß. Doch als der Teufel Gewalt gebrauchen wollte, sprang sie entsetzt ins Wasser zurück. Satan eilte vor Wut auf die nahen Seeberge, ergriff einen Felsbock und schleuderte ihn hinter der Jungfrau nach. Am Ufer blieb er liegen und schaute zur Hälfte aus dem See. Die Seejungfer ist aber nie wieder einem Menschen erschienen.

(Ostlandbote 11.5.1928. Gekürzt)

Von verwunschenen Prinzessinnen

20. Die Prinzessin im Dobrinkatal

Auf dem bewaldeten Berg Wilhelmshöhe, in der Nähe der Dobrinka, stand vor vielen, vielen Jahren ein Schloß. Die Äcker in der näheren und weiteren Umgebung und die ertragreichen Wiesen des Dobrinkatales gehörten ehedem zu dem Besitz des Schlosses.

Auf dem Schlosse lebten eine Gräfin und die Tochter. Kurz vor dem Tode der Mutter rief sie noch eine Verwandte zu sich und sprach: „Wenn ich gestorben bin, erziehe mein Töchterchen in rechter Weise und sorge dafür, daß sie zu allen Menschen lieb und hilfreich ist." Nach ihrem Tode wurde die junge Prinzessin so erzogen, wie man es ihr bei Lebzeiten versprochen hatte. Sie war zu ihren Mitmenschen freundlich, hilfsbereit gegen Arme und Kranke und daher bei allen Bewohnern angesehen und beliebt.

Als sie zu einer Jungfrau herangewachsen war, fanden sich viele Freier ein. Aber sie wies jeden Antrag höflich zurück; denn sie wollte ihre Freiheit und Selbstständigkeit nicht verlieren. Nun wohnte in der Nähe des Schlosses ebenfalls ein Graf, der von Gestalt und Ansehen häßlich war. Man erzählte sich von ihm, daß er des Zauberns kundig war. Er begehrte nun die schöne, anmutige Prinzessin um jeden Preis und als er ihr eines Tages gerade heraus sagte, daß er nur sie und keine andere zur Frau haben wollte, wandte sich das Edelfräulein voller Abscheu von ihm. Unter dem Hohngelächter der Burgbewohner verließ er das Schloß, indem er noch einen Fluch ausstieß. Aber keiner verstand in dem Tumult seine Worte.

Als nun der Frühling wieder in das Land zog und die Frauen und Mädchen des Schlosses gerade die Wäsche ihrer Herrin in der nahen Dobrinka wuschen, begann der Berg zu beben. In wenigen Minuten waren das Schloß und seine Bewohner verschwunden. Auch die benachbarte Burg des unheimlichen Grafen war vom Erdboden verschwunden.

Viele hundert Jahre waren ins Land gezogen. Wieder war es Frühling geworden. Ein junger Bursche zog fröhlich die Straße von Kölpin nach Prützenwalde lang. Während er ein Liedchen so vor sich hersummte, sah er plötzlich auf den Dobrinkawiesen Frauen und Mädchen Wäsche spülen. Ein Edelfräulein, das abseits stand, winkte ihm lebhaft zu, und er eilte zu ihr. Flehentlich sprach sie zu ihm: „Trage mich über die Dobrinka! Ich bin eine verzauberte Prinzessin. Alle hundert Jahre erblicken wir für einen Tag das Licht der Welt. Erbarme dich meiner Leute und meiner und erlöse uns! Du darfst dich aber nicht fürchten und auch nicht umsehen. Zur Belohnung will ich dir mein Schloß mit seiner ganzen Pracht schenken." Da nahm der Bursche das Edelfräulein auf den Rücken und trug sie zur Dobrinka hinab. Plötzlich begann das Wasser zu rauschen. „Schließe deine Augen," sprach das Edelfräulein zu ihm, „ich werde dir den Weg sagen." Als er eine Weile so das steile Ufer hinabschritt, rutschte er plötzlich aus. In seiner Angst öffnete er die Augen und sah in der Dobrinka ein mächtiges Ungeheuer, daß ihm mit seinen fürchterlichen Glotzaugen anfunkelte. Immer höher stieg das Wasser, und in seiner Angst warf er die Prinzessin ab und lief schnurstracks seinem Heimatdörfchen zu. Mit einem Wehlaut versank das Mädchen wieder, und wartet, bis nach hundert Jahren jemand kommt und sie erlöst.

(Nach Th. Preuß, Bunte Bilder, 1911, Nr. 12)

Teufelsgeschichten

21. Der betrogene Teufel

In der Gegend von Zippnow lebte vor Zeiten ein armer Häusler. Tag für Tag karrte er in den Wald nach Holz. Das gefiel ihm aber schon lange nicht mehr. Er wollte gern reich werden, fand aber keinen Weg, wie er es anstellen könnte.

Da gesellte sich eines Tages ein Mann zu ihm und sprach: „Warum grübelst du?" „Ja", sagte der Häusler, „es gibt so viel reiche Leute, und ich überlege, wie ich auch reich werden kann". „Das kannst du schon", antwortete der Fremde, „so wie du jetzt Holz karrst, kannst du jeden Tag Geld karren. Ich will es dir zeigen, aber du mußt mir nach drei Jahren sagen, wieviele Wege in diesem Walde sind. Kannst du das nicht, so mache ich dich zu einem kleinen schwarzen Hund." Als er den Vertrag mit seinem Blute unterschrieb, bemerkte er, daß der Fremde einen Pferdefuß hatte, und er erschrak, weil er wußte, mit wem er es zu tun hatte.

Der Mann karrte nun jeden Tag in den Wald und brachte seiner Frau jedesmal einen Beutel blanker Geldstücke mit, ohne zu verraten, woher er sie hatte. Schließlich brauchte er überhaupt nicht mehr zu arbeiten. Aber seines Lebens wurde er nicht froh, denn er hatte keine Ruhe, Tag und Nacht dachte er an die Wege, die er zählen sollte.

Mittlerweile waren die drei Jahre um, und der Häusler weihte seine Frau ein. Sie sollte ihm helfen, den Teufel zu überlisten. Man kaufte ein Faß Syrup, und die Frau zog alle ihre Kleider aus und kroch dann in das Faß. Von dort sprang sie in die Daunen ihres Federbettes, das sie zuvor aufgeschnitten hatte und wälzte sich ordentlich herum. So stieg sie auf die alte Karre und ließ sich in den Wald schieben, in die Nähe der Goldgrube. Bald darauf kam der Teufel. Er beguckte sie sich mit Staunen und sprach vor sich hin: „Alle 999 Wege in diesem Walde kenne ich, aber so ein Untier habe ich noch nicht gesehen." Als die Frau die Zahl gehört hatte, kroch sie eilends zu ihrem Manne und erzählte, was sie erfahren hatte. Der ging sofort zur Grube, wo schon der Teufel auf ihn wartete. Der Teufel fragte ihn sofort nach den Wegen. Da nannte der Häusler ihm verschiedene Zahlen, aber mit keiner Zahl war er zufrieden. Schließlich rief der Häusler: „999 Wege sind im Walde." „Du hast mich betrogen", schrie der Teufel und verschwand mit einem lauten Knall.

Der Häusler war aber ein reicher Mann geworden und freute sich sein Lebtag über den Streich, den er den Teufel gespielt hatte.

(Ostlandbote, 23.4.1937. Gekürzt)

22. Der gespenstische Hund

Ein reicher Bauer mußte einst durch einen Wald, der zwischen den Ortschaften Hammer und Schönlanke liegt. Plötzlich sah er vor seinen Füßen einen schwarzen Hund liegen. Da das Tier ihn so schrecklich anglotzte, bekam er Angst und wollte fortlaufen. Aber der Hund lief immer im Zickzack vor ihm her, so daß der Bauer bald über ihn stolperte. In seiner Wut wollte er den Hund greifen und totschlagen. Beim dritten Male gelang es ihm erst, den Hund zu erfassen. Im selben Augenblick stand anstatt des Hundes der Teufel vor dem Bauer. Der Teufel ließ aber von Zeit zu Zeit Goldstücke zu Boden fallen, und der habgierige Bauer bückte sich eilends danach. Schließlich stellte sich der Teufel vor den Bauer und sprach: „Weil du den Hund töten wolltest, mußt du bestraft werden. Morgen um dieselbe Zeit bist du ein armer Mann."

Am nächsten Tage brannte das gesamte Gehöft des Bauern ab, und sein Vieh kam im Feuer um. Der Bauer sah aber, wie aus dem brennenden Hause der Teufel flog.

(Nach P. Hammling, Heimatkunde des Netzekreises)

23. Die Magd und der Teufel

In einem Dorfe des Fraustädter Ländchens wohnte einst eine Magd, die für ihr Leben gern tanzte. So war sie auch am Fastnachtsdienstag wieder zum Tanz in der Dorfschenke. Als es kurz vor zwölf Uhr mitternachts war und die Gäste aufhörten zu tanzen, denn es war ein frommer Brauch, beim Beginn des Aschermittwochs nicht zu tanzen, wollte die Magd trotz mehrfacher Aufforderung nicht aufhören. In ihrem Übermut rief sie: „Ich tanze doch weiter und wenn ich gleich mit dem Teufel tanzen soll!" Im selben Augenblick ging die Tür auf, und ein fremder Mann, begleitet von einem rothaarigen Hund, trat in den Saal. Sogleich ging er auf das Mädchen zu und tanzte mit ihr, daß es nur so eine Art hatte. Die Spielleute hörten aber plötzlich mit der Tanzmusik auf und begannen ein frommes Lied zu spielen. Da packte den fremden Mann die Wut, er ergriff das Mädchen und verschwand für immer mit der Magd. Der Fremde war aber kein anderer als der Teufel. Am Aschermittwoch tanzte aber seitdem niemand mehr.

(Nach: „Das Fraustädter Ländchen" 1924, Nr. 7/8)

24. Das Gespensterfloß auf der Netze

Der Tag neigte sich dem Ende zu und die Dämmerung lag über der Netze. Ein Floß glitt langsam dahin. Der Flößer freute sich schon, daß er in den nächsten Tagen am Ziel seiner Reise war und dann bald zu seiner Familie wieder zurückkehren konnte. Wie er noch so in Gedanken auf seinem Floß stand, riß plötzlich das Floß ab und er stand nur noch auf einem kleinen

Stück seines Floßes. Wenn keine Hilfe kam, so mußte er unweigerlich in der Netze ertrinken.

Als er aus Leibeskräften um Rettung rief, stand plötzlich ein Mann neben ihm. „Wer bist du? Willst du mir helfen?" fragte der Flößer in seiner Angst. „Ich bin der Teufel", entgegnete der Fremde, „und ich werde dir helfen, wenn du mir die Seelen deiner Frau und deiner Kinder verschreibst. Weigerst du dich, so mußt du ertrinken." Nach langem Zögern willigte der Flößer ein, und unterschrieb den vorgelegten Vertrag. „Morgen werde ich bei deiner Frau vorsprechen. Willigt sie nicht ein, so kann sie dich erlösen, indem sie mir drei Aufgaben stellt. Löse ich sie nicht, so bist du und deine Frau samt den Kindern frei, aber dich trifft eine desto härtere Strafe." Der Teufel verschwand, und das kleine Floß blieb stehen, bis das abgerissene Stück herangeschwommen war. Nun konnte er seine Reise fortsetzen.

Am nächsten Tage erschien der Teufel bei der Frau und zeigte ihr den Vertrag vor, die Frau wollte aber nichts davon wissen. „Stelle mir drei Aufgaben, löse ich sie nicht, so bist du und deine Angehörigen frei. Drei Tage lasse ich dir zum Nachdenken Zeit." - Am dritten Tage erschien der Teufel wieder. Die beiden ersten Aufgaben konnte er mit Leichtigkeit lösen. Da sprach die Frau in ihrer Angst: „Bringe mir meinen Mann sofort zur Stelle!" Das konnte aber der Teufel nicht. In seiner Wut schrie er: „Wohl bist du und deine Kinder frei, aber an deinem Mann nehme ich Rache."

Kaum war der Teufel verschwunden, da erhielt die Frau die Nachricht, daß ihr Mann mit dem Floß in den Netzewellen untergegangen sei. Es war aber gerade Johannisnacht. Alle Jahre erscheint um dieselbe Stunde eine Gestalt, es ist der Flößer und sein Floß. Von Zeit zu Zeit aber ertönt ein wehklagender Schrei: „Erlöst mich, erlöst mich!"

(Nach „Rogasener Familienblatt", Nr. 14)

25. Der Teufelsdamm am Großen Bötinsee

Ein alter Schäfer mußte jeden Morgen seine Herde auf einem weiten Umwege zur Weide führen; denn zwischen dem Schloß Alt-Prochnow und der Weide, lag der Große Bötinsee. Über diesen Umweg war er sehr ärgerlich.

Eines Morgens, als er wieder diesen Umweg verwünschte, gesellte sich ein Jägersmann zu ihm, eine kecke rote Hahnenfeder nickte von seinem grünen Hut. „Guten Morgen, Gevatter Schäfer", begrüßte ihn der Jäger, „wie nett wäre es doch, wenn hier ein fester Damm durch den See führte. Wieviel kürzer wäre der Weg und wieviel Zeit würdet ihr sparen." „Gewiß," seufzte der Schäfer, „aber die Herrschaft baut keinen Damm; denn er ist viel zu teuer." „Teuer hin, teuer her!", rief der Jäger, „ich habe alle Taschen voll Geld. Ich baue euch den schönsten Damm, wenn ihr mir nur eine Kleinigkeit gebt!" „Bis ihr den Damm alleine fertig habt, bin ich schon lange tot; denn ich bin ein alter Mann." „Nein, mein Lieber", entgegnete der Jäger, „in einer Vollmondsnacht ist der Bau fix und fertig. Schreibt hier euren Namen unter das Schriftstück, und euer Wunsch ist erfüllt." Der Schäfer, der wohl merkte, mit wem er es zu tun hatte, willigte dennoch ein. „Beim zweiten Hahnenschrei müßt ihr fertig sein, sonst habt ihr die Wette verloren", sagte zum Schluß der alte Schäfer.

Zu Hause angekommen erzählte der Alte seiner Frau alles. „Wie konntest du ein so wichtiges Geschäft ohne mich abschließen?" ereiferte sich die Frau. „Der Teufel bringt alles fertig. Aber ich werde dir aus aller Verlegenheit helfen." Als der Mann sich zur Ruhe begeben hatte, schlich die Frau zur Tür hinaus und versteckte sich in den Weiden am See. Plötzlich sah sie, wie der Teufel wieder mit einem großen Feldstein herankam. Schon hatte der Teufel den Damm halb fertig, da ließ die Frau den ersten Hahnenschrei ertönen. Aber der Teufel arbeitete desto emsiger. In ihrer Angst ahmte sie den zweiten Hahnenschrei nach. Fluchend warf der Teufel die Karre um, die er gerade durch die Luft fuhr. Stein für Stein plumpste in den See. Dann verschwand er zähneknirschend.

Der halbvollendete Damm und die einzelnen Steine sind noch heutzutage im Bötinsee zu sehen.

(Nach J. Borgmann)

Von Hexen und Zauberei

26. Die Hexen von Schönlanke

Auf dem Hedberg bei Schönlanke hielten in früheren Zeiten, in der Johannisnacht, die Hexen ihre Versammlungen ab.

Eine Bauersfrau, die ihr Häuschen in der Nähe des Berges hatte, kam an diesem Tage spät abends nach Hause. Kaum hatten die Hexen sie erblickt, so umringten sie die Bäuerin und riefen: „Entweder wirst du eine Hexe, oder du mußt sofort sterben." In ihrer Angst versprach die Frau, eine Hexe zu werden, und sie wurde mit dem Hexenbann belegt. In jeder Johannisnacht mußte sie zur Versammlung erscheinen, und erschien sie zur festgesetzten Mitternachtsstunde nicht, so harrte ihrer eine schwere Strafe.

Lange Zeit hatte der Bauer von dem geheimnisvollen Treiben seiner Frau nichts gemerkt. Schließlich kam ihm doch allerlei Gerede zu Ohren. In der nächsten Johannisnacht band er um das Bett seiner Frau Stricke und wartete die Mitternachtsstunde ab. Als aber die Glocke vom Kirchturm ihre Schläge ertönen ließ, lösten sich von selbst die Stricke, und die Frau eilte zur Hexenversammlung. Der Mann, der alles im stillen beobachtet hatte, sagte zu seiner Frau nichts. Als aber wieder Johannisnacht war, verprügelte er seine Frau so lange, bis sie ihm schwur, nicht zu dieser Versammlung zu gehen. Die Strafe, die die Hexen ihr angedroht hatten, sollte nicht lange ausbleiben. Die Frau wurde bald darauf krank und starb.

(Nach P. Hammling, Heimatkunde des Netzekreises)

27. Das geheimnisvolle Buch

In Kreuz und in den Dörfern des Bruches gibt es viele Menschen, die im Besitze eines bestimmten Buches sind. Nach dem Volksglauben kann der Besitzer dieses Buches seinem Mitmenschen Schaden zufügen, oder ihn vom zauberhaften Spuk befreien.

In dieser Gegend lebte nun einst ein Mann, der ein derartiges Buch im Besitze hatte. Eines Abends, als er wieder in seinem Buche blätterte, erschien ein Freund bei ihm. Nachdem dieser die Sache kennengelernt hatte, bekam er große Lust, dieses Zauberbuch selbst zu besitzen. Nach langem Hin und Her wollte ihm der Mann auch das Buch gegen eine hohe Geldsumme verkaufen, nur mußte er von einer anderen Stelle die Erlaubnis dazu einholen. Bis dieselbe eintraf, nahm der Freund das Buch mit nach Hause.

Eines Tages plagte ihn nun die Neugierde, und er las eifrig in dem Buch. Als er aber plötzlich in der Mitte des Buches einen Spruch las, fing das Buch an zu tanzen und fiel zu Boden. In seinem Schreck vergaß er den Spruch rückwärts zu lesen und rief sofort nach seiner Magd. Diese nahm das Buch und warf es in das helle Ofenfeuer.

In der nächsten Nacht wurde es den Hausbewohnern sehr unheimlich zu Mute; denn pünktlich zwölf Uhr begann ein lautes Getöse und Gepolter. Eine weiße Gestalt erschien, nahm alle Teller und sonstiges Küchengerät und warf es zu Boden. In seiner Wut nahm der Hauswirt einen Knüppel und wollte die Gestalt durchprügeln, da war der Spuk verschwunden. Dasselbe geschah auch wieder am nächsten Tage. In seiner Angst ging er zum Besitzer des Zauberbuches und erzählte ihm von dem Vorgefallenen. Zum Glück konnte dieser den Zauberspruch rückwärts sagen. Als er das getan hatte, war der Spuk verschwunden, und alle waren froh, daß sie von dem Zauberwesen losgekommen waren.

(Nach O. Knoop, Sagen und Erzählungen aus der Prov. Posen, 1893)

Verborgene Schätze

28. Die Pergamentrolle

In früheren Zeiten wohnte auf der Schlochauer Ordensburg ein Starost (polnischer Landrat). Schon lange war bekannt, daß in der Nähe der Burg ein großer Schatz aus früheren Jahrtausenden verborgen war, aber niemand kannte den genauen Ort.

Einst ließ der Schloßverwalter einen alten Baum fällen, in dessen Inneren man eine Pergamentrolle fand. Heimlich steckte er sich die Rolle ein, und entzifferte die verblichenen Schriftzüge. Sie zeigten ihm, wo man den langgesuchten Schatz finden konnte. „Kommst du zur ersten Bruck, so sollst du gehen rechts. Kommst du zur zweiten Bruck, so sollst du gehen links. Und wo drei Steine aufrecht stehn, da liegt der Schatz begraben", so war auf der Rolle zu lesen. Der Schloßverwalter sagte zu niemanden etwas davon; denn er wollte den Schatz allein heben.

Am nächsten Abend machte er sich auf den Weg und wie erstaunt war er, daß alles so verlief, wie es in der Pergamentrolle beschrieben war. Als er nun die Mauer aufgebrochen hatte, kam er in ein Gewölbe. Hier fand er nun den Schatz: Gold, Edelsteine, Perlen und eine Wiege aus gediegenem Golde und mit kunstreichen Verzierungen. Der Schloßverwalter verwahrte nun an einem sicheren Orte den Schatz.

Als nun der Schloßherr des Wiegenfest eines Neugeborenen feierte, erschien auch sein Verwalter und machte die gefundene Wiege zum Geschenk. Der Fürst war über das Geschenk sehr erstaunt und da sein Verwalter keine näheren Auskünfte geben wollte, so nahm man allgemein an, daß er den geheimnisvollen Schatz gefunden hatte. Man ließ sofort den Schloßverwalter in Haft nehmen und schickte sogleich Leute ab, die in seinem Hause Nachforschungen halten sollten. Dem Verwalter glückte es aber noch, einen seiner Begleiter zu benachrichtigen. Dieser ritt Tag und Nacht, und ehe die Abgesandten des Fürsten ankamen, hatte er den gesamten Schatz in den Schloßsee versenkt. Der Verwalter aber mußte seinen geheimen Fund mit dem Leben bezahlen.

(Nach Tettau-Temme, Volkssagen Ostpreußens, Litauens u. Westpreußens)

29. Brennendes Geld

Nach einem alten Volksglauben kann ein in der Erde verborgener Geldschatz zu bestimmten Zeiten brennen. Wer das richtige Mittel kennt, dem gelingt es aber, Herr dieses Schatzes zu werden.

Ein Mann, der gerade über das Feld ging, sah plötzlich einen Goldhaufen brennen. Schnell eilte er zu der Stelle hin, breitete ein weißes Tuch über das Feuer aus und legte sich quer darüber. Es dauerte auch nicht lange, dann erschien der Teufel. „Steh sofort auf!" schrie ihn der Teufel an, „oder ich fahre dich über." Der Mann rührte sich aber nicht. Noch zweimal schrie ihn der Teufel an, dann verschwand er wutschnaubend. Hätte er sich gerührt, so hätte ihn der Teufel umgebracht, so aber hatte er keine Macht über ihn. Der Geldschatz gehörte von jetzt ab dem Mann.

(Nach O. Knoop, Sagen und Erzählungen aus der Prov. Posen, 1893)

Glück und Unglück

30. Die krause Lene

Auf dem Gute Rehwinkel bei Preußisch-Friedland wohnte einst ein Ritter mit seinen beiden Töchtern. Viele Dörfer mit ihren Wäldern und Feldern gehörten ihm. Da wurde die gesamte Gegend von schweren Krankheiten und Seuchen, im Volksmund der „schwarze Tod" genannt, arg heimgesucht. Auch der Ritter und seine Dienerschaft erlagen der Pest, nur die beiden Töchter blieben verschont.

Von aller Welt verlassen, flohen die beiden Schwestern aus dem Schloß. Müde und matt zogen sie von Ort zu Ort; denn niemand nahm sie auf. Erbarmungslos wies man sie zurück. In ihrer Verzweiflung konnten sie nicht einen Schritt mehr vorwärts. Die älteste Schwester hatte sich bereits einen Baumzweig abgebrochen und ihn als Stecken benutzt. So mußten sie die Nacht im Freien zubringen. Ein wohltuender Schlummer ließ sie alle Sorgen vergessen.

Am nächsten Morgen fand sie ein Friedländer Bürger. Er weckte die beiden Schläferinnen und erkundigte sich nach ihrer Herkunft. Mit bewegten Worten schilderten sie ihre Not und ihre Erlebnisse und flehten ihn an, ihnen doch zu helfen und eine Wohnung zu geben.

Der Bürger nahm sie mit in die Stadt und führte sie zu den Ratsherren. Diese wiesen den beiden Schwestern ein Haus an der Stadtmauer zum bleibenden Aufenthalt an. Wegen ihrer Güte, Freundlichkeit und Hilfsbereitschaft, waren sie bald bei allen Bürgern beliebt und geachtet. Nach ihrem Tode vermachten sie der Stadt Friedland ihre väterlichen Besitzungen zum Geschenk.

Wo aber die älteste Schwester den Baumzweig in die Erde gesteckt hatte, grünte bald ein Baum. Die Friedländer nannten ihn aber die „krause Lene".

(Paul Behrend, Westpreußischer Sagenschatz, 4. Bändchen. Gekürzt)

31. Der Schusterstuhl zu Schlochau

Einst hatte ein Schuster aus Schlochau ein schweres Verbrechen begangen. Er wurde zum Tode verurteilt. Da er noch jung war, flehte er um Gnade. Man wollte ihm das Leben schenken, wenn er am Rande des großen Steines der Schlochauer Burg ein paar Stiefel an einem Tage fix und fertig machen würde. Der Schuster willigte freudig ein.

Er nahm Leder und Werkzeug zur Hand und eilte auf den Stein. Hier machte er sich frisch an die Arbeit. Der Pechdraht flog hin und her, und lustig klopfte der Hammer auf die Sohlen. Die Menge schaute neugierig auf das Treiben des Schusters. Als nun die Arbeit glücklich beendet war, wollte er herabsteigen und dem wohllöblichen Rat der Stadt die Arbeit zeigen. In der Aufregung entfiel ihm der Hammer und als er ihn noch schnell erhaschen wollte, stürzte er in die Tiefe hinab, und der zerschmetterte Körper blieb am Fuße des Turmes liegen. Zur Erinnerung nannte man diesen Stein den „Schusterstuhl".

(Nach Paul Behrend, Westpreußischer Sagenschatz, 1. Bändchen)

32. Die Mühlen von Fraustadt

In früheren Zeiten standen in der Umgegend von Fraustadt hundert Windmühlen. Eines Tages kam zu einem der Mühlenbesitzer ein Bettler und bat um eine Gabe. Doch der Müller war ein jähzorniger Mann und warf ihn hinaus und hetzte schließlich seinen Hund auf den Bettler. Bevor dieser aber die Hoftür schloß, rief er: „In Zukunft werden in der Umgegend von Fraustadt nie mehr hundert Windmühlen zu sehen sein." Schon in der nächsten Nacht brannte die erste Mühle nieder, und in der folgenden wieder zwei. Man Man verhaftete den Bettler, aber trotzdem brannten wieder einige ab. Die geschädigten Mühlenbesitzer bauten ihre Mühlen wieder auf, aber als die hundertste fertig war, lag wieder eine Mühe in Schutt und Asche.

Endlich merkten die Mühlenbesitzer, daß es sich hier um ein göttliches Strafgericht handele, weil einer der Ihrigen gegen einen Mitmenschen unbarmherzig war.

(Nach O. Knoop, Ostmärkische Sagen, Märchen und Erzählungen, 1909)

Von Tieren und Pflanzen

33. Tiere reden in der Weihnachtszeit

Es ist ein weitverbreiteter Glaube, daß den Haustieren, besonders Rind und Pferd, die Gabe verliehen sei, in der heiligen Nacht die Zukunft vorauszusehen und ihre Gedanken auch in Worten auszudrücken.

Ein Bauer, der die Wahrheit dieses Glaubens sehr bezweifelte, versteckte sich einst in der heiligen Nacht im Kuhstall. Bis 12 Uhr wartete er vergebens. Aber nach Mitternacht begannen die Tiere miteinander zu reden.

Da hörte er plötzlich, wie die eine Kuh zu der anderen sagte: „In drei Tagen wird unser Herr begraben werden, und an seinem Begräbnistage wird sein Sohn in den Brunnen stürzen."

Als er sich von seinem Schreck erholt hatte, ging er in sein Haus und erzählte alles seiner Frau. Bevor er sich zu Bett legte, ermahnte er noch seine Frau, auf den Sohn aufzupassen und ihn nicht an den Brunnen gehen zu lassen.

Am anderen Morgen fand die Frau ihren Mann tot im Bett. Eingedenk der Mahnungen des Verstorbenen, verschloß sie den Brunnen. Am Begräbnistage beauftragte die Frau eine Bekannte, dem Knaben auf Schritt und Tritt zu folgen und ihn nicht an den Brunnen zu lassen.

Aber der Knabe wollte durchaus an den Brunnen gehen. Nur mit Gewalt konnte man ihn zurückhalten. Schließlich aber starb er doch an demselben Abend.

(Nach: „Volkstümliches in der Tierwelt")

34. Wie einst Tierquäler bestraft wurden

Zu einem Franziskanerkloster gehörten einst mehrere fischreiche Seen. Die Mönche, die wegen ihrer Fischerei weit berühmt waren, stärkten sich jedesmal nach ihrer schweren Fischerarbeit auf der bewaldeten Höhe am See.

Einst saßen sie wieder nach getaner Arbeit auf der Höhe bei Speis' und Trank. Da erschien plötzlich ein kleines graues Männlein aus dem Wasser und sprach: „Es ist von euch nicht recht, daß ihr mir alle Fische wegfangt. Soviel ihr für euren täglichen Bedarf gebraucht, könnt ihr euch meinetwegen holen, aber die kleinen Fische müßt ihr unbedingt wieder ins Wasser werfen. Wenn ihr damit einverstanden seid, so sollt ihr, solange ihr den Vertrag haltet, Glück und Geschick bei der Fischerei haben." Die Mönche gingen auch darauf ein. Sie erbauten sogar in den späteren Jahren, auf der Höhe eine Kapelle, zum Dank für ihren Schutzgeist und edlen Spender.

So gingen viele Jahre in das Land. Die alten Mönche waren gestorben, und jüngere waren an ihre Stelle getreten. Die guten Sitten beim Fischfang hatte man bereits vergessen. Im Gegenteil, man veranstaltete nach dem Fang ein Wettspiel. In ihrem Übermut schleuderten die Mönche die kleinen Fische weit in den See hinaus. Wer sie am weitesten werfen konnte, der wurde zum Sieger gekrönt. Anschließend fand dann ein üppiges Gelage in der kleinen Kapelle statt.

Einst hielten sie es wieder so. Da geschah ein Krachen und Donnern und die Kapelle samt den Tierquälern versank in der Tiefe des nahen Sees.

(Nach: „Ostlandbote", 6.10.1936)

35. Bomster Wein.

In einem Kriege kam einmal ein General mit seiner Begleitung in die Stadt Unruhstadt ins Quartier. Er wurde von dem Rat der Stadt aufs herzlichste empfangen und mußte auch den heimatlichen Wein kosten. Kurze Zeit darauf verließ er die Stadt und kam in dem Orte Bomst ins Quartier. Auch hier mußte er den heimatlichen Wein trinken. Als nun am nächsten Morgen sich der Hauswirt nach seinem Befinden erkundigte, erwiderte der General kurz: „Erst war's die Unruhe, dann aber kam der Bomst." Der General hatte von den heimatlichen Weinen genug, im Volksmunde aber hieß es seit dieser Zeit:

„Bomster Wein

Trinkt kein Schwein.
Wer ihn doch getrunken hat,
Kriegt ihn wohl für immer satt. "

(Erzählung aus Bomst)

36. Vom Rotdorn und Weißdorn

Inmitten von Laub- und Nadelwäldern der ostmärkischen Heide liegt ein großer, freier und ringförmiger Platz. In der Mitte dieses Platzes liegt ein kleiner, aber tiefer See, und an seinem Ufer wachsen ein Rotdorn und ein Weißdorn. Wenn ein drohender Krieg bevorstand, so trieb der Rotdorn mächtig und seine Zweige waren voller roter Blüten, und aus der Tiefe des Sees erklang ein Waffengetöse. War dann aber der Friede ins Land gezogen, so blühte im folgenden Jahre der Weißdorn mit seinen schneeweißen Blüten, aber aus der Tiefe hörte man dann ein Gemurmel von Dankgebeten. Beide, der Rotdorn und der Weißdorn, waren lange Jahre ein Wahrzeichen für kommende Zeiten.

(Nach dem Volksmund erzählt)

Von versunkenen Glocken

37. Die Glocken im Lobsonkatal

In dem wunderschönen Lobsonkatal, Kreis Flatow, liegt ein kleiner See von Gesträuch umgeben. Vor vielen hundert Jahren lag hier einst eine Kirche.

Nicht weit von diesem See wohnte nun einst eine Frau mit ihrer Tochter. Diese mußte täglich auf eine Wiese in der Nähe des Sees Schweine hüten. Eines Tages kamen plötzlich drei Glocken aus dem See hervor. „Greife mich!" rief die größte Glocke dem Mädchen zu. Es eilte sofort zum Ufer und versuchte unter größter Anstrengung die große Glocke zu erhaschen. Aber alle Bemühungen waren vergebens, und so versuchte sie die kleinste aus dem Wasser zu ziehen. Sogleich verschwanden alle drei Glocken im Wasser. Hätte sie die größte doch noch aus dem See gezogen, so wäre die verzauberte Kirche erlöst gewesen.

(Nach: „Zeitschrift des historischen Vereins für den Reg.-Bez. Marienwerder, 1893)

38. Der Lossee bei Schönlanke

In der Nähe der Stadt Schönlanke liegt der Lossee. Ringsum ist er von Laubbäumen umgeben. Seine Oberfläche zeigt ein düsteres Aussehen und kommt niemals zur Ruhe, auch wenn der schönste blaue Himmel über ihn steht. Vor ungefähr achthundert Jahren stand hier an dem Ufer ein Mönchskloster. Die in der Umgegend wohnenden Polen staunten über die Klostergebäude und fühlten sich durch das helle Glockengeläute immer mehr und mehr angezogen. Besonders die Kenntnisse der Mönche in Landwirtschaft, Gemüse- und Gartenbau bewunderten sie aufrichtig. Darüber waren verschiedene polnische Edelleute und ganz besonders die heidnischen Priester ergrimmt. Sie sahen, wie ihre Macht und ihr Anhang immer geringer wurden. Deshalb riefen sie die Bewohner eines Tages zusammen und erzählten ihnen von mancherlei Traumgestalten und Traumbildern. „Zerstört die Klöster und Kirchen! Vertreibt die Mönche!" so rief der Älteste der Priesterschaft. „Wer noch weiterhin mit den Fremden verkehrt, muß verderben. Wenn morgen an ihrem Johannesfest die Klosterglocke zur Mette läutet, dann werden wir sie überfallen und niedermachen." Alle schworen, Kloster und Bewohner zu vernichten.

Als am frühen Johannitag die Glocke zur Frühmette läutete, stürzten von allen Seiten die polnischen Bewohner mit mächtigen Feuerbränden herbei. Das Kloster stand alsbald in Flammen und die Mönche lagen erschlagen am Boden. Bevor aber die Aufrührer den unheimlichen Platz verlassen konnten, entlud sich ein schweres Gewitter und vernichtete alle. Der See stieg über seine Ufer und begrub das Kloster samt den

Mönchen und Mördern. Aber an jedem Johannitage kann man in der Tiefe den Klang der Glocke vernehmen. Der Volksmund nannte aber späterhin den See „Lossee", weil die Glocke das Losungszeichen gegeben hatte.

(Nach Tettau-Temme, Volkssagen Ostpreußens, Litauens und Westpreußens)

Geschichtliche Sagen

39. Der Netzedamm bei Czarnikau

Als der Schwedenkönig Karl X. Im Sommer 1655 mit seinem Heere an die Netze kam, konnte er nicht über den Fluß, da der Boden sumpfig und morastig war. Sofort schickte er einen Boten zu den Ratsherren von Czarnikau und befahl sie vor sich. „Warum führt hier kein ordentlicher Damm über die Netze?" herrschte er die Gerufenen an. „Majestät!" entgegneten die Ratsherren, „es ist schon lange unser Wunsch gewesen, aber es fehlte uns immer an dem nötigen Gelde." „Binnen drei Tagen habt ihr den Damm gebaut!" befahl der König. Alles, was Hände hatte, mußte an die Arbeit, und in drei Tagen war der Damm fertig. Die Schweden gingen nun über die Netze und zogen weiter.

(Nach P. Hammerling, Heimatkunde des Netzekreises)

40. Wie das Waldtal „Haferscheffel" zu seinem Namen gekommen ist

Im Winter des Jahres 1806 rückten französische Truppen in die Stadt Märkisch-Friedland ein. Einquartierungen, Lieferungen an Nahrungs- und Futtermitteln, Vorspanndienste und Plünderungen bedrückten die Stadt hart. Die Einwohner seufzten unter den Lasten. Da beschlossen der Bürgermeister und die Ratsherren beim Kaiser Napoleon vorstellig zu werden. Nachdem er die Klagen und Bitten der Stadtvertreter angehört hatte, sprach Napoleon mit zynischen Worten: „Da ihr, Bürger von Friedland, so brave Leute seid, will ich eure Wünsche erfüllen. Ich will euch auch eine ganz besondere Gnade erweisen: Ihr sollt mir für meinen Rappen nur einen Scheffel Hafer noch liefern." Frohen Mutes kehrten die Abgesandten nach Hause zurück.

Aber wie war ihr Erschrecken groß, als einige Tage später der französische General Rapp ein kaiserliches Schreiben vorzeigte, wonach die Stadt ihm einen Scheffel Hafer liefern mußte. Als Scheffelmaß bestimmte er aber ein tiefes rundes Waldtal zwischen Friedland und Henkendorf. Dieses Tal mußten nun die armen Friedländer Bürger mit dem geforderten Hafer ausfüllen. Zum ewigen Gedächnis nannten die Friedländer jenes Waldtal „Haferscheffel".

(Nach E. Berg)

41. Die Geister am Lockmannsee

Hart an der Landesgrenze liegt der Müskendorfer See, dessen größte Einbuchtung der Lockmannsee heißt. Von diesem See erzählt der Volksmund folgendes:

Es wird einmal nach vielen Jahren ein Völkerkrieg

zur Zeit der Ernte ausbrechen. Unzählige Kriegsscharen werden das Land wie Heuschreckenschwärme überfallen. Sie werden brennen, vernichten und morden. Es wird kein Stein auf dem anderen bleiben. Auf beiden Seiten wird der Krieg große Opfer fordern. Der Entscheidungskampf wird am Lockmannsee stattfinden. Die Aussicht auf einen endgültigen Sieg wird anfangs sehr gering sein, denn der Feind wird in letzter Stunde Hilfe durch ein fremdes Reitervolk erhalten. Diese fremden Reiter werden sogar ihre Pferde in dem See tränken.

Aber in dem entscheidendsten Augenblick wird bei den Unsrigen der Mut erwachen und die unwiderstehliche Angriffskraft wird den erbitterten Kampf zum Siege verhelfen.

Nur wenige werden auf beiden Seiten lebend in ihre Heimat zurückkehren. Der Boden wird für alle Zeit vom Blute rot gefärbt sein. Die Bevölkerung wird so spärlich sein, daß die noch lebenden Menschen auf die Knie sinken werden, um die Erde zu küssen, wo einst so viele Menschen gewandelt sind.

Der See selbst ist für alle Zeit verflucht; denn an stürmischen Herbstabenden sieht man auf seinem Grunde Krieger erbittert kämpfen.

(Nach: „Ostheimat", Jahrg. 1925, Nr. 14)

42. Der Kastanienbaum im Schloßgarten zu Filehne

Man schrieb das Jahr 1772. Friedrich der Große, der in der ersten Teilung Polens den Netzegau erworben hatte, reiste mit seinem Wagen durch das neue Gebiet, um Land und Leute kennenzulernen. Sein Reiseweg führte ihn von Friedeberg, über Driesen, Filehne, nach Schönlanke. Das Bild, das sich dem König bot, war ein trostloses. Elende Städte, verfallene Dörfer, verwilderte Gärten, Felder und Wiesen! Noch trostloser waren die holprigen Landstraßen.

Desto überraschter war der König, als sein Wagen die prächtige Kastanienallee entlangfuhr, die in der Nähe des Filehner Schlosses vorbeiführte. Verwundert ließ er den Wagen halten und den Verwalter des Schlosses herbeirufen. Als er sich über alles erkundigt hatte, beauftragte er den Verwalter, der polnischen Fürstin seinen Gruß zu entbieten und ihr seine Freude über die wunderbare Kastanienallee auszusprechen.

Kaum hatte die Fürstin die Worte vernommen, da geriet sie in maßlose Wut. Sie sah in dem König den Feind ihres Volkes und Vaterlandes. Seine freundlich gehaltenen Worte klangen ihr wie eisiger Spott und Hohn. So befahl sie denn dem Verwalter, sämtliche Kastanienbäume schlagen zu lassen. „Nie wieder sollen diese Bäume das Herz eines preußischen Königs erfreuen!" rief sie zum Schluß aus.

So zogen die Leute mit Axt und Säge hinaus. Splitternd sanken die Bäume unter den Axthieben der Arbeiter. Zweige und Blätter verwelkten im Staub der kahlen Landstraße. In kurzer Zeit war das hundertjährige Werk der Natur erbarmungslos zerstört. Nur ein Kastanienbaum blieb als lebendiger Zeuge in dem Filehner Schloßgarten stehen.

(Nach: „Der Bote an der Netze", Czarnikau 1848)

Allerlei Geschichten vom Fürsten Sapieha

43. Fürst Sappis Oberförster

Zwischen der Netze und dem Grenzfluß Drage breiteten sich in früheren Jahrhunderten die Besitzungen des polnischen Fürsten Sapieha (auch Sappis genannt) aus. Der Fürst war durch seinen Jähzorn und seine Grausamkeiten weit über seine Grenzen hinaus bekannt. Gegenüber dem neumärkischen Dorfe Friedrichsdorf, am linken Drageufer, stand eines seiner vielen Schlösser. Der Ort heißt heute noch der „Stern".

Fürst Sappis hatte nun einen Oberförster, der schon viele Jahre bei ihm im Dienst stand. Er hatte im Laufe der Jahre es verstanden, „sein eigenes Schäfchen ins Trockene" zu bringen. Als man den Fürsten davon in Kenntnis setzte, ließ er seinen Oberförster verhaften und im Walde aufhängen, aber so, daß ihn der Strang nicht erwürgen konnte. An die Stelle des alten Försters setzte er nun einen neuen ein.

Eines Tages ritt nun der Fürst Sappis in seinen Wäldern spazieren und kam auch an die Stelle, wo sein alter Oberförster am Baume hing. Das Gesicht des armen Mannes war voller Blut durch die vielen Mückenstiche, und die schwarzen Brummerfliegen, gegen die er sich nicht wehren konnte, quälten ihn ganz besonders. Wie sich der Fürst eine Weile an dem scheußlichen Anblick ergötzt hatte, brach er einen Zweig ab und wollte die Fliegen verjagen. „Um Gottes willen", schrie der Oberförster, „laßt sie sitzen; denn sonst kommen frische und quälen mich noch toller! Die alten sind wenigstens satt!" „Wenn das wahr sein sollte", erwiderte nach einer Weile der Fürst, „dann muß der Neue wieder fort. Holla! Schneidet ihn sofort los! Der Kerl hier wird wieder als Oberförster eingesetzt."

(Erzählung aus Friedrichsdorf)

44. Der schwanzlose Schecke

Bei dem Fürsten Sapieha war einst ein polnischer Edelmann zu Gast. Man hatte schon den ganzen Tag und die halbe Nacht hindurch fleißig gezecht. Als nun der Edelmann zum Aufbruch mahnte, schrie Sapieha ihn an: „Nicht eher kommst du fort, bis du mir deinen Schecken verkauft hast!" „Den Schecken bekommst du nimmer; denn der Teufel, mein Schecke und ich sind auf Leben und Tod für alle Zeiten miteinander verbunden", rief der Gast und verschwand aus dem Schlosse. Wie war aber der Edelmann erstaunt, als er am frühen Morgen sein Gut erreichte und zu seinem Schrecken sah, daß seinem lieben Schecken der lange, schöne Schweif fehlte.

Es war eine Zeit vergangen, als der Fürst Sapieha

beschloß, den Edelmann auf seinem Gute zu besuchen. „Die vier besten Schimmel spannt mir an!", befahl er, und dann ging es wie ein Sturm dahin. Der Edelmann nahm den Fürsten freundlich auf und lud ihn ein zu fröhlichem Mahl und Gelage. Drei Tage lang dauerte die Zecherei, bis schließlich der Fürst in seiner Trunkenheit rief: „Du erzähltest neulich, daß ihr drei wäret, wo ist nun der Teufel!" „Beim Abschied, mein lieber Fürst, läßt er sich sehen", entgegnete lachend der Edelmann.

Als nun der Fürst Abschied nehmen wollte, zeigte er auf seine vier Schimmel und sprach: „Nun, mein lieber Freund, wie findest du meine vier Pferde?" „Prächtige Tiere! Nur das Gebiß gefällt mir nicht", entgegnete lachend der Edelmann. „Bis auf das Gebiß? Habt ihr es alle gehört? Was fällt euch ein?", brüllte trunkend der Fürst. Plötzlich wurde er kreidebleich. War er wach, oder träumte er? Seinen Schimmeln fehlten die Lippen, nur die weißen Zähne schauten ihn an. „Verflucht!", schrie er, „hier hat der Teufel sein Spiel gehabt! Was soll das? Was ist hier geschehen?" Höhnisch und ruhig antwortete der Edelmann: „Mein lieber Fürst Sapieha! Deine Schimmel haben gesehen, was du neulich getan hast! Sie haben meinen schwanzlosen Schecken ausgelacht!" Wutschnaubend fuhr der Fürst nach Hause.

(Erzählung aus der Grenzmark)

45. Die Kirche zu Klein-Drensen

Der Fürst Sapieha hatte den Evangelischen zu Klein-Drensen eine Kirche erbaut. Darüber waren die Mönche sehr ungehalten. Um nun allem Streit und Zank aus dem Wege zu gehen, machte er beiden Parteien folgenden Vorschlag: „Die Evangelischen und die Katholischen sollten zu gleicher Zeit Boten von Posen nach Klein-Drensen absenden. Wessen Boten zuerst ankamen und die Kirche versiegelten, dem sollte sie für alle Zeiten gehören."

Schon waren die Eilboten beider Parteien bis zur Stadt Filehne gekommen. Die Mönche hatten sogar einen kleinen Vorsprung, als ihnen plötzlich ein Rad am Wagen brach. So gelangten die Evangelischen zuerst in Klein-Drensen an, und die Kirche gehörte seitdem ihnen.

(Nach Beheim-Schwarzbach-Kurtzmann)

Ortssagen

46. Die Jastrower Weinberge

Wenn man heute von der Stadt Jastrow zu den Bergen hinaufblickt, sieht man fast nur Sand und Kies, ab und zu einige Kiefern und spärliche Roggenfelder.

Früher sah es dort ganz anders aus. Da standen die Abhänge der Berge voller Weinstöcke. Ein Weinberg reihte sich an den anderen. Aus dem Saft bereiteten sie Wein und verkauften ihn. Von weit und breit kamen die Händler nach Jastrow. Fuhrknechte brachten mit schweren Wagen auf der alten, großen Handelsstraße den Wein in die entferntesten Städte. Die Bürger wurden allmählich wohlhabend, aber auch geizig, stolz und hochmütig.

Eines Sonnabends kamen ein Mann mit Frau und Kind in die Stadt. Ein schweres Unwetter stand am Himmel. Da die Frau unterwegs krank geworden war, so bat der Mann für sich und die Seinen um eine Nachtherberge. Er klopfte an jeder Tür an, allein überall vergebens. Als er auch aus dem letzten Hause gewiesen wurde, rief er zornig: „Ihr werdet nochmal an mich denken, wenn wieder ein Unwetter kommt! Aber dann wird es zu spät für euch sein." Die drei verschwanden in der Dunkelheit.

Zwar sprach man viel von den Fremden in der Stadt, aber als das Frühjahr, der Sommer und der Herbst verstrichen waren, ohne daß der Fluch in Erfüllung gegangen war, vergaß man bald die Fremden.

Wieder war das Frühjahr gekommen. Draußen in den Weinbergen war alles beschäftigt, groß und klein. Als die Arbeit getan war, standen die Leute – es war gerade wieder ein Sonnabend und auch ein Jahr vergangen – vor ihren Haustüren und erzählten von der Arbeit und der kommenden Ernte. Da sah man plötzlich wie sich in der Richtung über den Bergen ein Wetter zusammenzog. Es fing langsam an zu regnen, bald goß es in Strömen. Es blitzte und donnerte, und dazwischen fiel Hagel. In ihrer Angst schrien die Leute: „Die Fremden kommen!" Breite Bäche liefen von den Bergen herunter durch die Straßen der Stadt. Die Keller waren voll Wasser. Erst gegen Morgen hörte das Unwetter auf.

Als man am Sonntag früh zu den Bergen hochging, um den Schaden zu besehen, waren keine Weinberge mehr da. Die Weinstöcke waren zerschlagen und durcheinandergeschwemmt. Die Lehmschicht hinweggespült. Die Leute begannen wieder zu ackern und zu wirtschaften. Weinberge aber legten sie nicht wieder an. Der Wohlstand ließ nach und viele Einwohner verließen die Stadt. An den einstigen Wohlstand und die Weinberge erinnert heute nur noch die Weintraube im Stadtwappen. (Ostlandbote 15.1.37. Gekürzt)

47. Die Gründung von Baldenburg

Wo heutzutage die Stadt Baldenburg liegt, herrschte in früheren Zeiten ein Ritterfräulein Hulda. Sie war weit und breit durch ihr Ballspiel bekannt. Keiner konnte ihre Kunstfertigkeit annähernd erreichen. Deshalb beschloß sie auch, nur denjenigen Ritter zu freien, der sie im Ballspiel völlig überwinden konnte. Schon viele tapfere und edle Ritter hatten ihr Glück umsonst versucht. Schließlich gelang es doch einem Ritter, sie im Ballspiel zu überwinden und damit sie selbst und ihre gesamten Besitzungen zu gewinnen.

Zum Andenken an dieses Ballwettspiel baute er eine Stadt und nannte sie „Bal de Hulde", woraus später der Namen „Baldenburg" wurde. Bis auf den heutigen Tag befindet sich im Stadtwappen ein Frauenbild, Blumen in der Hand haltend.

(Nach Tettau-Temme, Volkssagen Ostpreußens, Litauens und Westpreußens)

48. Wie die Stadt Bomst zu ihrem Namen kam

Es war die Zeit der Schwedenkriege, und ein schwedisches Heer lag zwischen den Ortschaften Kuschten und Bomst. Eines Tages wurden nun einige Soldaten in die Stadt geschickt, um Lebensmittel zu holen. Die Bewohner aber erschlugen die Fremden. Als daraufhin das schwedische Heer heranrückte und die Stadt im Sturm nahm, flohen die Einwohner und versteckten sich unter einer Brücke, die im Volksmunde den Namen Babimost (d. h. Altweiberbrücke) führte. Nachdem die Schweden wieder die Stadt verlassen hatten, kehrten die Bewohner wieder zurück und nannten ihre Stadt von nun an „Bomst".

(Nach O. Knoop, Sagen und Erzählungen aus der Prov. Posen, 1893)

Legenden

49. Der Marienstein zu Schlochau

Im Mittelalter gehörte das Land Schlochau dem Deutschen Ritterorden. Man baute sofort die alte, noch vorhandene Burg aus. Viele Jahre schon dauerte der Bau der Burg. Als man in der Höhe des Wehrganges war, sollte ein großer, breiter und ausgehöhlter Granitstein eingefügt werden, um bei drohender Kriegsgefahr Flammenzeichen in das weite Land zu geben.

Aber vergeblich hatte man sich bisher bemüht, den schweren Stein in die Höhe zu bekommen. Selbst einige Menschenleben waren dem immer wieder herabstürzenden Steine zum Opfer gefallen. Da kam schließlich ein alter Priesterbruder auf den Gedanken, die Hilfe der Jungfrau Maria, der Schutzpatronin des Ordens, in einer feierlichen Prozession anzurufen. Wie waren alle hoch erfreut, als nach beendeter Prozession es einigen Arbeitern mühelos gelang, den mächtigen Stein in die Höhe zu winden und in das Mauerwerk einzufügen. Gebete wurden gen Himmel gesandt und alle dankten der Schutzpatronin für ihre Hilfe. Den Stein nannte man aber seit dieser Zeit „Marienstein". Wurde aber bei späteren Kämpfen das warnende Feuer auf dem Stein angezündet, so waren alle siegesfroh; denn die Schutzpatronin war bei ihnen.

(Nach Paul Behrend, Westpreußischer Sagenschatz, 3. Band)

50. Der Opferstein zu Behle

Im frühen Mittelalter bildete die Netze die Grenze zwischen den beiden slawischen Völkern Polen und Pommeranen. Während die Polen sich bereits schon zum Christentum bekehrt hatten, verehrten die Pommeranen noch ihre alten Gottheiten. Zwischen beiden Völkern waren ständig Kriege, und das Kriegsglück wechselte dauernd. Hatten die Pommeranen aber einen Sieg davongetragen, so feierten sie bei ihrer Heimkehr in dem heiligen Walde zu Behle ein rauschendes Siegesfest. In der Mitte eines weitausgedehnten Steinkreises wurden die Gefangenen auf den Opfersteinen dem Gotte Belbog zum Dank geopfert.

So hatten wieder einmal die Pommeranen einen Beutezug siegreich beendet und sich um die Opfersteine zu Behle versammelt, um die christlichen Polen ihren Göttern zu opfern. Da erstrahlte plötzlich ein heller Schein vom Himmel, und ein Bild erschien allen Anwesenden: die Mutter Maria mit dem Jesuskindlein auf dem Arm. „Vergießt nicht unschuldiges Blut", sprach sie, „verlaßt eure Gottheiten und bekehrt euch zu dem lebendigen Gotte!" Eine Wolke nahm dann wieder Maria mit ihrem Kinde auf. Aber auch die Gefangenen waren verschwunden. Nur ihre Fußspur hatte sich tief in den Stein gedrückt. Die Pommeranen aber verließen fluchtartig die Gegend.

Als späterhin die christlichen Sendboten ins Pommernland kamen, ließen sich die Bewohner taufen und zerstörten ihre Opferstätten. In Behle wurde aber die erste christliche Kirche im Netzegau erbaut, und der Opferstein mit den Fußspuren wurde in die Mauer des Friedhofes eingefügt.

(Erzählung aus Behle)

Volkserzählungen

51. Wie Bismarck in den Himmel kam

Als Bismarck gestorben war, kam er auch bei seiner Himmelswanderung an die Himmelstür. Er klopfte auch ganz bescheiden an. Als nun Petrus die Tür öffnete und Bismarck stehen sah, wurde er ganz verlegen. Schließlich faßte er sich doch Mut und sprach: „Mein lieber Bismarck, es tut mir sehr leid, daß ich dich nicht aufnehmen kann; denn es ist kein freier Platz mehr vorhanden." Bismarck aber sagte zornig: „Das wäre ja noch schöner, wenn ich hier nicht hereinkomme. Laß mich doch einmal sehen, ob doch nicht noch ein Platz zu finden ist."

Beide gingen nun durch eine lange Halle, wo sich rechts und links Zimmer an Zimmer reihte. Bismarck mußte sich nun selbst überzeugen, daß alle Räume besetzt waren. Schließlich kamen sie an ein Zimmer, dessen Tür nur angelehnt war. Drinnen war aber ein lautes Schreien, Rufen, Sprechen und Fluchen. Verwundert erkundigte sich Bismarck nach dem fürchterlichen Lärm. „Das sind die Juden", antwortete Petrus, „die sind mit ihrem Handeln, und Schachern nicht übereingekommen." „Die müssen fort von hier", sprach Bismarck, „dann ist genügend Platz." Petrus aber gab zur Antwort: „Was denkst du, lieber Bismarck, wo die einmal sind, da gehen sie nicht wieder heraus." „Das wollen wir doch einmal sehen", sagte lachend Bismarck. Er öffnete ein wenig die Tür und rief hinein: „Holla, in Schloppe ist heute Markt!" Als das die Juden hörten, griffen sie ihr Bündlein und jagten alle zur Tür hinaus. Wie der letzte hinaus war, schloß Bismarck schnell die Himmelstür zu, damit sie nicht wieder hereinkommen konnten.

(Nach Paul Biens, Heimatklänge 1909)

52. Woher die beiden Dörfer Dürrlettel und Naßlettel ihre Namen haben

Ein Mann und eine Frau hatten ein Zwillingspaar. Beide Knaben aber waren von Geburt an ganz verschieden. Lagen sie in ihrer Wiege, so schrie der eine ganz fürchterlich, während der andere sich ganz behaglich ausstreckte. Wenn es aber zum Baden ging, dann war es gerade umgekehrt. Dann zappelte der eine vor Vergnügen und der andere schrie aus Leibeskräften. So bleib es auch späterhin, als sie größer und älter wurden. Der eine haßte die Trockenheit und saß am liebsten am Wasserfaß, während der andere gerade die Trockenheit und Wärme liebte. Aber auch in ihrer Körpergestalt unterschieden sich beide. Während der eine Knabe einem langen, dürren und mageren Halm glich, war der andere klein und dick und glich dem saftigen Wiesenklee. Da nun der Vater Lette hieß, nannten die Leute die beiden Zwillingsbrüder Lettchen, oder Lettel. Um nun aber die beiden Zwillinge nicht zu verwechseln, nannten sie den einen Dürrlettel und den anderen Naßlettel.

Als nun beide groß waren, wanderten sie aus und versprachen, sich niemals zu trennen. Eines Tages kamen sie nun in die Landschaft Meseritz, und da sie von der Wanderung müde waren, setzten sie sich auf einen Hügel. Wie sie so die Umgegend neugierig betrachteten, rief Naßlettel überrascht aus: „Siehst du dort den See? Da möchte ich für immer wohnen." „Nein", jubelte Dürrlettel, „siehst du dort die Anhöhe? Das ist ein Ort, den ich suche. Laß uns hier siedeln, dann sind wir für immer dicht beisammen." „So bleiben wir hier!" riefen beide freudig und reichten sich die Hände. „Und hier auf diesem Hügel", sprach zum Schluß Dürrlettel, „treffen wir uns alle Tage zu einem Plauderstündchen.

So geschah es auch, Naßlettel baute sich am See ein Häuschen und Dürrlettel ließ sich auf der Höhe nieder. Wo aber die Zwillingsbrüder einst gewohnt haben, erblickt man heutzutage zwei Dörfer: Dürrlettel und Naßlettel. So sind die beiden Brüder auch nach ihrem Tode für immer vereint geblieben.

(Nach A. Sell, Posener Findlinge, 1917. Gekürzt)

53. Peter Troyk

Peter Troyk, der Sohn eines Friedländer Bürgers, hütete in seinen Kinderjahren, in den Herbsttagen, die väterlichen Schweineherden. Am liebsten trieb er sie nach dem Marienfelder Weg. Dieser Weg war aber durch ein Heckentor gesperrt, und jeder, der den Weg benutzte, mußte sich das Tor selbst öffnen.

Während nun Peter wieder eines Tages die Schweineherde hütete, kam ein prächtiger Kutschwagen die Straße entlang. Peter aber eilte dienstfertig zur Heckentür und öffnete sie. Der Herr, der in dem Wagen saß, freute sich aber über die Freundlichkeit und Hilfsbereitschaft des Peter. Nachdem er sich nach Namen und Herkunft erkundigt hatte, sprach er zu dem Knaben: „Komm mit mir nach Danzig! Ich werde für deine weitere Ausbildung sorgen." Aber Peter entgegnete: „Wer soll denn von nun ab die Schweineherden hüten? Meine Eltern werden mich nicht fortlassen." „Sprich mit deinen Eltern", sagte der Herr, „und wenn sie doch noch einwilligten, dann komme nach dem Gasthaus zu Marienfelde, dort bringe ich die Nacht zu."

Da nach längerem Zögern die Eltern doch noch einwilligten, so traf Peter am nächsten Morgen in Marienfelde ein. Der Fremde nahm ihn mit nach Danzig. Hier lernte Peter Troyk in einem großen Kaufhaus, und da er sehr fleißig, bescheiden und gehorsam war, war er sowohl bei seinem Lehrherren, als auch bei seinen Arbeitskameraden sehr angesehen.

Eines Tages schickte nun sein Kaufherr ein vollbeladenes Schiff in die fremden Länder. Jeder durfte nun dem Schiffsführer etwas mitgeben, was für ihn verkauft werden sollte. Peter aber besaß nur eine Katze, von der er sich aber nicht trennen mochte. Auf vieles Zureden seines Lehrherren gab er die Katze schließlich doch mit.

Wie war aber Peter erstaunt, als ihm der Schiffsführer eine große Stange Gold mitbrachte. Das Schiff war nämlich nach langer Seefahrt zu einer Insel gekommen und hier war eine große Mäuseplage, daß sich die Bewohner nicht mehr vor der Plage retten konnten. Mit Freude kaufte der fremde Häuptling die Katze und gab als Preis die große Goldstange.

Späterhin wurde Peter Troyk Mitinhaber des großen Danziger Handelshauses, und sein früherer

Lehrherr gab ihm seine Tochter zur Frau. Aber auch in seinem Glück vergaß er niemals seine Vaterstadt Preußisch-Friedland. Er ließ auf seine Kosten eine Orgel aufstellen und das Innere der Kirche neu ausmalen.

(Nach Paul Behrend, Westpreußischer Sagenschatz, 2. Band. Gekürzt)

54. Die Heinzelmännchen

Die Heinzelmännchen sind nach dem Volksglauben kleine, mit roten Mäntelchen bekleidete Wesen, männlichen, auch weiblichen Geschlechts. Sie heiraten, feiern Hochzeiten und Kindtaufen und führen Namen wie die Menschen. Sie essen und trinken aus silbernen und güldenen Gefäßen. Ihr König trägt eine goldene Krone in der Form eines Apfels. Sie leben in alten Burgen, unter Bäumen, oder unter dem Kamin und in der Asche. Vom Ansehen sind sie häßlich. Sie leben länger als ein Mensch, müssen aber schließlich auch sterben. Man hat häufig gesehen, wie sie ihre Toten begruben. Zu Lebzeiten sind sie sehr lustige Gesellen, lieben die Musik und den Tanz. Nur dem Menschen sind die Heinzelmännchen feindlich gesinnt. Aber am liebsten stehlen sie Kinder, oder tauschen sie um.

Einstmals stahlen die Heinzelmännchen einer Mutter ihr neugeborenes Kind. Als die Frau am nächsten Morgen an das Bettchen ihres Kleinen ging, erschrak sie fürchterlich; denn in der Wiege lag ein Wesen mit alten und häßlichen Gesichtszügen. In ihrer Angst lief sie zu einer „klugen Frau" und klagte ihr Leid. „Die Heinzelmännchen haben euer Kind umgetauscht", sagte die Frau. „Ihr könnt euch selbst davon überzeugen. Gebt dem Kinde drei Tage nichts zu essen. Dann kocht allerhand ungenießbare Gegenstände: Holzstücke, Steifelsohlen, kleine Steine. Ihr müßt es aber wie eine Speise zubereiten. Nachdem ihr es dem Kinde hingesetzt habt, beobachtet es aus eurem Verstecke." Die Frau tat so, wie es ihr gesagt wurde.

Als am dritten Tage nun das „Kind" die Speise bekam, und die Frau es von ihrem Verstecke aus beobachtete, warf es nach den ersten Bissen zornig den Löffel fort und schrie: „Tausend Jahre bin ich alt geworden, aber einen derartigen Fraß habe ich niemals in meinem Munde gehabt."

Die Frau lief eilends zur „klugen Frau" hin und erzählte ihr von dem Geschehnis. „Wenn das Kind wieder nach Essen schreit", sagte das Weib, „so nehmt ein glühendes Stück Eisen und versucht, es ihm in den Mund zu stecken."

Nach einigen Tagen, als das Kind fürchterlich nach

Brot schrie, nahm die Frau ein glühendes Stück Eisen und reichte es dem Kinde. Das sprang aber aus seiner Wiege und lief eilends zur Tür hinaus. Die Frau eilte dem Wesen nach, doch war es draußen nirgends mehr zu sehen. Als sie in die Stube zurückkam, fand sie zu ihrem Erstaunen ihr eigenes Kind auf dem Fußboden weinend sitzen.

J. Gulkowski, Bunte Bilder, 1907, Nr. 12. Gekürzt)

Inhaltsverzeichnis

Von gebannten und erlösten Seelen 1
1. Der spukende Schäfer 1
2. Der Fährmann an der Drage 2
3. Der Bauer und der Edelmann 3
4. Der Fuhrmann von Gollmütz 3
5. Der Totentanz von Betsche 4
Allerlei Geister 8
6. Das Gespenst im Walde 8
7. Die Roggenmuhme 9
8. Der Alp 10
9. Die Mora 11
10. Der Skrzat 12
11. Das schlafende Heer 13
12. Die Schimmel ohne Köpfe 14
Vom wilden Jäger 16
13. Gespenster bei Schönlanke 16
14. Das Viergespann zu Meseritz 16
Von Riesen, Nixen und Heinzelmännchen 18
15. Riesen und Nixen im Warthebruch 18
16. Die Nixen vom Heiligensee 19
17. Wie die Feldsteine ins Land kamen 21
18. Die Wartheherta 22
19. Die Seejungfrau von Groß-Drensen 24
Von verwunschenen Prinzessinnen 26
20. Die Prinzessin im Dobrinkatal 26
Teufelsgeschichten 29
21. Der betrogene Teufel 29
22. Der gespenstische Hund 31
23. Die Magd und der Teufel 31

24. Das Gespensterfloß auf der Netze   32
25. Der Teufelsdamm am Großen Bötinsee   34
Von Hexen und Zauberei   36
26. Die Hexen bei Schönlanke   36
27. Das geheimnisvolle Buch   37
Verborgene Schätze   39
28. Die Pergamentrolle   39
29. Brennendes Geld   40
Glück und Unglück   42
30. Die krause Lene   42
31. Der Schusterstuhl zu Schlochau   43
32. Die Mühlen von Fraustadt   44
Von Tieren und Pflanzen   45
33. Tiere reden in der Weihnachtszeit   45
34. Wie einst Tierquäler bestraft wurden   46
35. Bomster Wein   47
36. Vom Rotdorn und Weißdorn   48
Von versunkenen Glocken   49
37. Die Glocken im Lobsonkatal   49
38. Der Lossee bei Schönlanke   49
Geschichtliche Sagen   52
39. Der Netzedamm bei Czarnikau   52
40. Wie das Waldtal „Haferscheffel" zu seinem Namen   52
    gekommen ist
41. Die Geister am Lockmannsee   53
42. Der Kastanienbaum im Schloßgarten zu Filehne   55
Allerlei Geschichten vom Fürsten Sapieha   57
43. Fürst Sappis Oberförster   57
44. Der schwanzlose Schecke   58
45. Die Kirche zu Klein-Drensen   60
Ortssagen   61
46. Die Jastrower Weinberge   61

47. Die Gründung von Baldenburg   63
48. Wie die Stadt Bomst zu ihrem Namen kam   63
Legenden   65
49. Der Marienstein zu Schlochau   65
50. Der Opferstein zu Behle   66
Volkserzählungen   68
51. Wie Bismarck in den Himmel kam   68
52. Woher die beiden Dörfer Dürrlettel und Naßlettel   69
    ihre Namen haben
53. Peter Troyk   71
54. Die Heinzelmännchen   73
Inhaltsverzeichnis   76